# 夜長姬與耳男

坂口安吾＋夜汽車

首次發表於「新潮」1952年6月

## 坂口安吾

明治39年（1906年）出生於新潟縣。畢業於東洋大學文學部印度哲學倫理學系。也曾在Athénée Français學校學習。1955年逝世。代表作有『墮落論』、「白痴」、「在櫻花林的盛綻下」等作品。

## 繪師・夜汽車

插畫家。喜愛繪製少女以及19世紀末題材的插畫繪師。以呈現懷舊、沉穩的氣氛為目標來進行插畫創作。已推出作品集『夜汽車作品集 おとぎ古書店の幻想装画』、『ILLUSTRATION MAKING & VISUAL BOOK 夜汽車』等。

我的師父人稱飛驒第一木匠，但收到夜長家老爺的邀請時，他已衰老、罹病，臨近死期了。師父推薦我代為前去，說：

「他雖是個年僅二十的年輕人，但從小由我撫養長大，儘管沒特別栽培，卻能對我的工法精髓心領神會、幾無差池。有的人就算教了五十年，沒用就是沒用。縱使他不是一個與青笠、古釜相提並論的巧匠，仍能完成高超的工作。搭建宮殿時，他能設計出超乎我想像的接頭或卡榫；雕刻佛像時，他能表現出令人訝異、不似出自毛頭小子的深邃生命力。我並非因為病重才不得已找這傢伙代替，而是因為我認為他的技藝不輸青笠、古釜，請務必記住這點。」

我只能呆然瞪大雙眼地聽著這番讚嘆不已的話。

我從未被師父像這樣誇獎過。甚而，從來沒誇獎過任何人的師父，如此看待，這出乎意料的稱讚也實在讓我驚愕萬分。連我都這樣了，眾多年資更深的弟子們，更不禁脫口說師父老糊塗了，言行才會這麼不合常理，這絕非只出於嫉妒。

夜長家老爺的使者孔万呂，也認為那些師兄弟的說法有理，便悄悄喚我去其他房間。

「你師父老糊塗了才那樣說，但你該不會不知好歹地接受老爺的邀請吧？」

聽他這麼說，我不禁心生怒意。及至此刻，對師父的話懷有疑慮、對自己的技術感到不安，全在轉眼間消失，滿臉血氣。

「我的能力有差到無法應付尊貴的夜長家老爺嗎？恕我直言，天下還沒有一間寺院敢說我雕刻的佛像差呢！」

我眼花耳昏，就像一隻報曉的晨雞般嘶吼著。孔万呂苦笑了。

「這可跟你們師兄弟蓋的鎮神祠天差地遠。你的對手，可是與你師父並列飛驒三名人的青笠和古釜哦。」

「青笠也好、古釜也好，就連師父，也沒什麼好怕的。只要我一心一意，我所造的佛寺、佛像裡，就會蘊藏著我的靈魂。」

孔万呂露出憐憫的表情嘆了氣，也不知道心中作何盤算，終於讓我代替師父、帶我往老爺家去了。

「你是個幸運兒。你的作品應該沒辦法被認可，但你至少與那全日本男人內心思戀不已的夜長姬小姐，能有近距離的接觸。你就努力拖延工作，想方設法盡可能留住久一點好了。反正做不來的工作，也用不著殫精竭慮。」

一路上孔万呂這麼說，使我滿腔怒火。

「如果我做不來，你也不會讓我去吧？」

「那是我心情好啊。你這走運的傢伙。」

我在旅途中曾多次想向孔万呂辭別，轉身歸去。然而，與青笠、古釜同場競技的名譽誘惑了我。我不願意被誤以為是怕得落荒而逃。我告訴自己：

「我只要一心一意、將生命灌注在工作中就好了。即使那些有眼無珠的傢伙不認可，那就算了。我會把我刻成的佛像安置在路邊小祠，在祠下挖個洞，活埋自己在土裡等死。」

確實，生還無望般的悲痛覺悟，在我胸中愈加具象。總而言之，這是出自我對青笠、古釜的恐懼心理。坦白說，我毫無自信。

抵達老爺家的次日，孔万呂帶我到後院拜見老爺。老爺的身材臃腫、臉頰圓潤，外型猶如福神。

夜長姬小姐隨侍一旁。她是老爺頭髮斑白時才總算迎來的獨生女。聽說她的誕生浴，是每夜以雙手從黃金汲取、歷經百夜才汲得的凝露。因凝露滲入肌膚，據說使她的身體在誕生時就光彩奪目，散發出黃金的香氣。

我想我必須全神貫注地凝視著小姐。因為，師父經常這樣告誡我：

「與珍奇的人或物相會時，絕不能移開目光。我的師父是這樣說的。而且，我師父的師父也是對我的師父這樣說，他師父的師父，以及很久很久以前的大師父，就是這樣代代相傳下來的。縱使被大蛇咬到腳，也不能移開目光。」

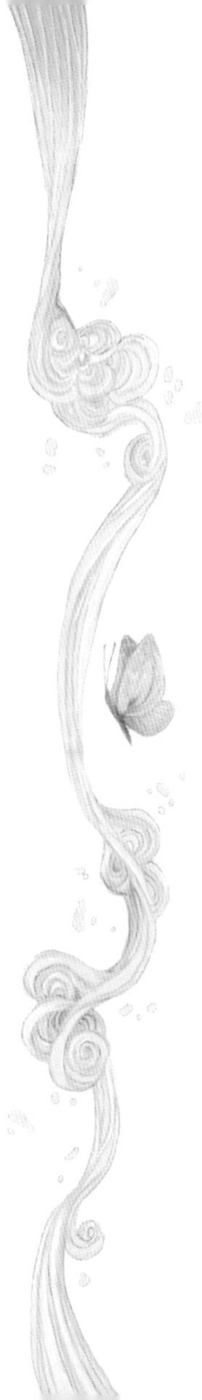

於是，我凝視著夜長家小姐。或許我太膽小，不覺悟就無法凝視他人的臉。但是，我抑止了畏縮，在凝視中逐漸獲得平靜、感覺滿足之際，才終於了解師父的教誨裡存在著重大的意義。壓迫對方般的俯視是不行的。必須如同無色的清水般看透那人或那物。

我凝視著夜長家小姐。她年僅十三。雖然身材修長，仍充滿孩童的香味。儀態威嚴，卻不令人害怕。我注意到自己緊繃的氣力緩緩放鬆，也許是因為我輸了。接著，原本我應該凝視著她，但眼前最後卻只剩下她身後那寬廣、聳立的乘鞍山。

孔万呂向老爺介紹我：

「這位就是耳男。雖然還很年輕，但盡得他師父的真傳，還擁有獨門技藝，更勝一籌。他的師父對他讚譽至極，是縱使與青笠、古釜競技，也不認為他會落敗的名匠。」

令人意外地，他對我極為讚賞。於是，老爺點著頭：

「原來如此，好大的耳朵。」

他一直注視著我的耳朵。接著，他又說：

「大耳容易下垂，這耳朵卻立起來，長得比頭還高。就像兔耳。可是，臉孔卻是馬啊。」

我的血氣衝腦。一有人評論我的耳朵，就會令我怒不可抑、頭腦陷入混亂。這種混亂，無論擁有何種勇氣、決心都防備不了。我所有的血液上湧，立刻滿頭汗水。縱使平常亦是如此，但不能與今日的汗水相提並論。額頭、耳際、脖頸，一下子流出了宛如瀑布般的汗水。

老爺面露稀罕地看著我。然而，小姐則叫喊著：

「真的好像馬。黑色的臉都紅了，好像馬的顏色。」

侍女們笑出聲音來。我有如盛滿沸水的熱鍋。噴溢的蒸氣幾乎可見，臉孔、脖頸、胸口、背脊，甚至整個皮膚，形成了汗液的深河。

但是，我必須注視著小姐的臉蛋，我想我決不能移開目光。我全心全意、拼命地這樣作。然而，這份努力，卻與奔湧滿溢的混亂分離並行，令我窮於應付、動彈不得。經過了漫長的時間，那是我束手無策的時間，接著，我突然轉身奔跑了。我一邊想著我應該有更適當的行動、更冷靜的回應，但我卻出現了最不願意、也完全想不到的舉動。

我跑到我的房間前。然後，我跑出門外。接著，我且走且跑。我難受至極，無法待在這裡。我沿著河川的流向進入山間的雜樹林，到瀑布下在岩石上坐了好長一段時間。正午已過。我感到飢餓。然而，直到日暮，我才終於有力氣返回老爺家。

★

比我晚了五、六天後，青笠抵達。又晚了五、六天後，代替古釜的兒子小釜也到了。青笠見此，失笑地說：

「本來以為只有馬耳的師父，連古釜也是啊。雖然有贏不了我青笠的自知之明，但頂替的兩個孩子真是不幸。」

因為小姐把我當馬看，大家也開始叫我馬耳了。

我對青笠的傲慢感到憎恨，但保持沉默。我在內心發了誓。我抱著葬身此地的覺悟，準備全心全意地投身在工作中。

小釜是個大我七歲的兄長。他的父親古釜稱病而由兒子代戰，卻有謠言說他詐病。據說，是因為使者孔万呂最後才找他，憤恨在心。不過，小釜素有不遜乃父的風評，並不是我這種令人意外的替代者。

小釜對自己的技藝似乎頗有自信，聽了青笠的傲慢之言，他的眉毛連一根也沒動。接著，他恭敬有禮地對青笠、對我打了招呼。雖然感覺是個冷靜到令人不舒服的傢伙，但後來逐漸瞭解，除了早安、午安、晚安等問候，他是不跟人交談的。

青笠也發現到我在意的事了。於是他對小釜說了：

「你為何只有在問候時才願意好好說話啊？根本像是停在額頭上的蒼蠅，得揮手趕走才行那樣地讓人討厭。木匠的手是用來操作鑿刀的，不是用來趕走蒼蠅才從肩膀長出來的。雖然人的嘴巴是有必要時才說話，但日常問候這種事，就跟吐個舌頭、放個屁差不多啊。」

我聽著，不由得對這個直言不諱的青笠心生好感。

三名木匠都到齊了，於是正式被召集到老爺面前，宣布了這次的任務。聽說是為了製作小姐的護身佛，但細節尚未說明。

老爺看著身旁的小姐說：

「要請你們雕刻的，就是守護我女兒今世來生的尊佛御像。為了安置佛堂、由她晨昏奉拜，需要製作尊佛的御像，以及安置用的龕座。佛像是彌勒菩薩。其餘各項作法請自行決定，但希望在她十六歲正月前完成。」

三名木匠正式承接任務後，美酒佳餚端上。老爺與小姐坐在高一階的主位，左方是三名木匠的餐席，右方也陳列了三個餐席。那裡還是空的，但我想大概是孔万呂及其他兩名大人物的座位吧。此時，孔万呂領進兩名女子。

老爺向我們介紹兩名女子，這麼說：

「越過對面的高山、渡過湖泊、再穿過原野，有一座由礫石、岩塊構成的高山。哭著越過那座山，再越過一座原野，有一座雲霧密布的高山。哭著越過那座山，進入一座遼闊的森林，林中有一道巨大的河川奔流著。哭了三天穿過那座森林，有一個千泉之村。據說，村中的每棵樹下都有一眼清泉，以及一位正在織布的女孩。在村中最巨大的樹下、最清澈的泉水旁織著布的，是最美麗的少女，也就是現在人在這裡的年少女子。在她學會織布前，是她的母親在織布，就是這邊的年長女子。她們為了編織我女兒的衣服，不遠千里地從村子渡過虹橋來到飛驒深處。母親名叫月待，女兒名叫江奈古。誰能造出我女兒喜愛的佛像，我就把美麗的江奈古賜給他。」

其實就是老爺花錢買來織布的美麗女奴。也有人從外地到我出生的飛驒國買奴隸，但買的是男性奴隸，像我這種木匠，也會被當做奴隸買賣。然而，由於是從遠地買來的必需品，奴隸會被善待，甚至奉為上賓，直到工作完成為止。一完工，花錢買的奴隸也沒用了，要送人、餵蛇，都隨主人高興。所以沒有木匠想被賣到遠地，更別說女人了。

我心想，真是可憐的女人們啊。但，老爺說誰能造出小姐喜愛的佛像，就賞賜江奈古給他，這番話卻令我心頭一驚。

我不想造出小姐會喜歡的佛像。當我被說長得像馬臉、一路奔逃入山時，終在瀑布旁坐到日落，我心中已有覺悟，要全力打造出一尊她將嫌惡至極的佛像，不，不是佛像，而是擁有醜惡馬臉的怪物。

因此，誰造出小姐喜愛的佛像，就要把江奈古賞賜給他，老爺所說的話給了我極大的驚愕。甚至令我暴怒。我覺得這根本不是我能贏得的女人，嘲諷之欲在我的體內高漲。

為了抑止這項雜念，我想我必須回歸匠心。我想師父教誨我的匠心，正是用於此時。

我凝視著江奈古。同時我對自己的心底說，縱使被大蛇咬到腳，也不能移開目光。

「這個女人，是翻山、渡湖、越野，再翻山、越野，然後再翻山、穿林，從湧泉之村而來的織女嗎？不過是奇珍異獸。」

我凝視江奈古的臉不放，但無法全神貫注。因為，我儘管抑止了驚愕與憤怒，嘲諷之欲卻取而代之，令我無計可施。

我察覺把嘲笑之欲投向江奈古並不適當，但我的目光只要無法移開，在眼中潛藏的嘲笑之欲就只能投向江奈古的臉了。

江奈古注意到我的視線。她的臉色跟著變了。我原本暗覺不妙，但看到江奈古眼中的憎惡之火燃起，我的憎惡也遽然升起。

我們不顧一切，只是充滿憎惡地對視。

江奈古輕輕別開了嚴峻的目光。江奈古浮現意味深長的笑意，說：

「我家鄉據說人比馬多，馬是用來騎乘奔跑、耕作田地的。這裡的馬卻是穿著衣服、握著鑿子，用來建寺造佛的呢。」

我立刻反脣相譏。

「我家鄉的女人會耕作田地，既然妳家鄉的馬也會耕作田地，那表示女人只是替馬織布。我家鄉的馬雖然會持鑿作工，卻不會織布。那就由妳努力織布吧。遠來而來，真是辛苦了。」

江奈古的目光猝然瞪視。接著，她靜靜起身。向老爺略行注目，毫無顧忌地朝我而來。她停下腳步，俯視著我。而我的目光亦並未從她的臉上移開。

江奈古繞過餐桌半圈，轉身到我背後。接著，突然抓起我的耳朵。

「居然是這樣！……」

我心想。總之，我認為先移開視線的人輸了。那一瞬間。我的耳朵猶如燃燒般遭到痛擊。我撲倒向前，才發現自己雙手陷入餐餚之中，眾人的喧嘩聲則同時傳入耳朵深處。

我轉向江奈古。江奈古的右手握著懷劍，已然出鞘，那隻手靜靜地垂下，絲毫不見任何殺意。江奈古不知道做了什麼，而晃晃蕩蕩地懸在半空中的，是左手。我突然意識到了，她的指間抓著某樣東西。

我轉頭往自己的左肩看。我感覺那裡發生異狀，一整片肩膀染滿鮮血。薄席上滴落血跡。我有如重新回想起遺忘已久的過去，注意到耳朵的痛楚。

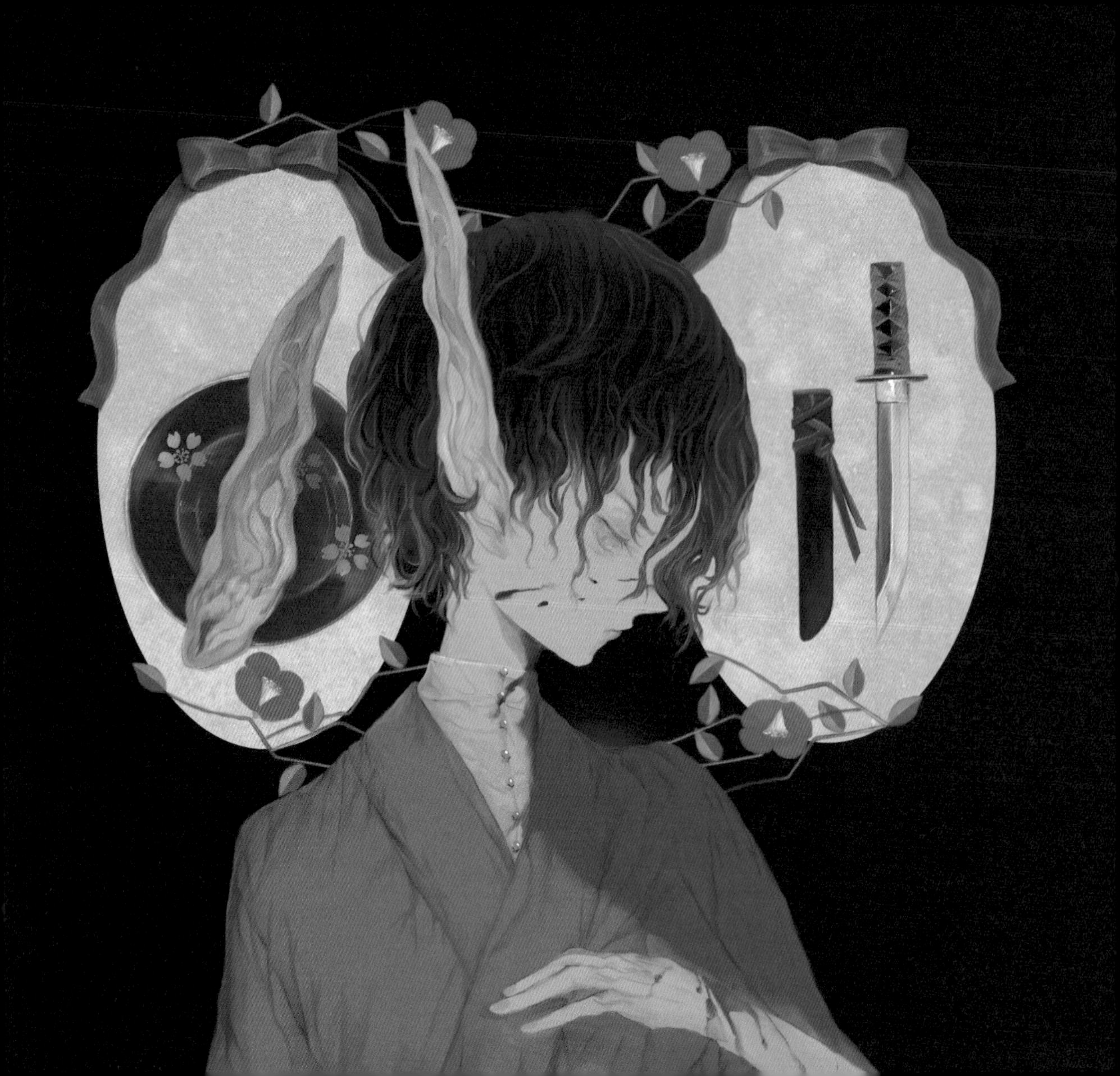

「這是馬耳一隻哦！另外一隻也用你的斧頭削掉，努力弄得更像人耳吧。」

江奈古將我那被削掉的左耳上半部投入我的酒杯中後，遽然離去。

之後經過六天。

★

我們必須在邸內一處各自搭建工寮，做為暫居的工作區域，因此我也上山砍伐木材，以興建工寮。

我選了倉庫後方無人出入的場所興建工寮。這裡雜草叢生，是蛇虺、蜘蛛的棲地，也是眾人恐懼迴避的地點。

「原來在這裡。馬廄選在這裡蓋，採光不會太糟糕嗎？」

孔万呂悠然現身，言辭刻薄。

「因為馬的脾氣暴躁，一有人靠近就沒辦法工作了。工寮蓋好、準備開工以後，請你不要再進出這個工作場所了。」

我將高窗作成雙層結構，門口加上特殊機關，必須將這裡設計為無法窺探的工作場所。在我完工前必須保密。

「對了，馬耳啊，老爺和小姐要見你。帶斧頭跟我來吧。」

孔万呂這麼說。

「只帶斧頭就好嗎？」

「嗯。」

「是要找我去庭院砍樹吧。雖然木匠也用斧，但木匠跟木工是不同的。只不過是砍樹，可以找別人啊。請別用無聊的瑣事來干擾我的工作。」

我喃喃抱怨、取起斧頭，孔万呂卻用奇異的目光上上下下端詳著我。

「先坐吧。」

他一邊說著，一邊自己先坐上木材的切面。我也面對他坐下。

「馬耳啊，你聽好。你打算與青笠、小釜一較高下的心情令人敬佩，但你並不想在這裡工作吧？」

「什麼意思！」

「嗯。多考慮考慮吧，你的耳朵被削掉，還很痛吧。」

「跟耳洞相比，耳殼顯然是多餘的，把魚腥草磨碎、混合松脂再塗一塗，血就止了，一點也不痛，感覺對耳朵很有效呢。」

「未來只要待在這裡，你恐怕也是凶多吉少。只是一隻耳朵就算了，也不知道會不會有生命危險啊。我就不烏鴉嘴了。趁現在快點逃走吧。這裡有一袋黃金。你就算耗費三年完成了一尊偉大的彌勒佛像，也賺不到這麼多黃金的。我會幫你善後，你立刻回家去吧。」

孔万呂的表情，令人意外地嚴肅。他這麼希望趕我走嗎？我這個木匠，有糟糕到寧可拿超過三年工資的黃金來攆我離開嗎？一思及此，我便怒火中燒。我大聲吼叫。

「是嗎？你認為，我的手不配拿木匠的鑿子、刨刀，應該拿木工的斧頭砍樹嗎？好。從今天起，我再也不是受雇的木匠了。但是，我會在這間工寮裡繼續工作。要吃什麼我自己想辦法，完全不需要你們照應，也不收你們一毛錢。我一個人，也能獨立完成三年份的任務。」

「等等。等等。你好像誤解了啊。沒有人說你不行，想把你趕走啊。」

「你剛剛說要我只帶斧頭就走，沒其他用意了吧。」

「哦。那件事啊。」

孔万呂將手搭在我的兩肩，詭異而認真地凝視著我。接著他說。

「我的講法不好。要你只帶斧頭去的人是老爺。但是，要你帶著斧頭卻不去，現在立刻逃走的人是我。不，不只是我，其實老爺的內心也是這麼希望的。無論如何，他交給我一袋黃金，叫我要你逃走。這麼說好了，如果你真的帶著斧頭跟我一起去見老爺，你恐怕會發生禍事。老爺是為你好。」

他設想周全的這番話，卻令我更加惱怒。

「如果是為我好，那為什麼不直接把話講清楚？」

「我也很想說，但有一種話，是一說出口就會毀天滅地的。總之，正如我剛才講的，你可能會有生命危險。」

我立刻下定決心。我拿了斧頭，站起身來。

「帶我去吧。」

「這……」

「哈哈哈。別開玩笑了。恕我直言，我們飛驒的木匠從小就被教育，要把生命投注在工作中。工作以外的事不必捨棄生命，但比起被人說我畏戰而逃，我寧可選擇捨棄生命。」

「只要留得青山在，在普天之下的木匠中，必然能成為世間名人的你，現在還年輕啊。一時之恥，只要留得青山在，就一定能洗刷的。」

「廢話不必多說。我既然到這裡，就已經忘掉生而復返的事了。」

孔万呂放棄了。隨即，態度變得冷淡。

「跟我來。」

他起身疾步而行。

我被帶到後院。檐廊前緣的地上鋪了一張草蓆。那是我的座位。

在我面前，江奈古已遭制伏。她的雙手被反綁著，直接坐在地上。

一聽到我的腳步聲，她抬起頭來。接著，她以繩索一解開就會撲上來、暴犬般的目光凝視著我。我心想，真是討厭的女人。

「我被她削掉耳朵，恨她也是理所當然，但我不懂她為何如此恨我。」

這麼一想我才察覺，耳朵的痛楚消失後，我再也沒有想起這個女人。

「想想還真不可思議。我這種脾氣暴躁的人，對於斬落我耳朵的女人，竟然沒有絲毫詛咒，實在奇妙。縱使我想過有誰會斬落我的耳朵，也沒想過會是這個女人。相對的，她對我為何憎惡得彷彿深仇大恨，令我完全無法理解。」

也許，是我的詛咒的意志已經全心刻入魔神之中，才會沒空去想這個討厭的女人。我十五歲時，曾被一個朋友自屋頂推下，造成我手腳都骨折了。這個朋友只因為小事就對我懷恨在心。骨折後，我有三個月的時間無法工作，但師父連一天都不讓我休息。我必須以單手單腳來雕刻欄間的紋飾。骨折的傷勢，使我痛得夜不成眠。我流著淚揮舞鑿刀，但比起流著淚承受無法入睡的長夜之痛，流著淚工作的長日之苦還稍微容易克服。滿月之時，我半夜起身用鑿，曾因為痛得無法承受而飲泣，也曾因為手滑而導致鑿子刺入大腿，然而，只有工作能超越痛苦，沒有比那段時間的感受更深的了。我單手單腳所雕出的欄間，在我痊癒後重新檢視，竟然也毋須修整。

那時的體悟早已深植我心，一隻耳朵被削落的痛楚，只不過是工作的激勵。我想現在應該展現一下我的本事了。然而，我一想像到恐怖的魔神之姿即深感戰慄，沒有想到要讓這個女人見識我的本事。

「不詛咒這個女人的理由，我自己很清楚。然而，她對我憎惡如仇，我卻無法理解。難不成，是因為老爺說的話，她以為我想要她，才會對我恨之入骨也有可能。」

我如此思忖，逐漸瞭解了原因。隨即怒火中燒。蠢女人。以為我是想要妳才工作的嗎？就算要求我帶她回家，我也會像是拍掉落在肩上的毛蟲那樣，轉身就走。這麼一想，我便稍微感到平靜了。

「耳男帶來了。」

孔万呂朝屋內大喊。竹簾的另一側略有動靜，那是入席的老爺。他說：

「孔万呂在嗎？」

「在此。」

「把詳情告訴耳男。」

「知道了。」

孔万呂注視著我，接下來這麼說：

「吾家女奴將耳男一隻耳朵削落一事，對於飛驒木匠、飛驒國人，均責無旁貸。在此將江奈古處以死刑，因耳男為當事人，故由耳男之斧斬首。耳男，行刑。」

我聽了，才明白江奈古為何以仇恨的目光看我。澄清了這個疑惑，接下來我也毋須在意了。我說。

「承蒙善意，但不必如此。」

「不斷嗎？」

我迅即起身，拿起斧頭，無所顧忌地走向前，朝江奈古的前方一望，凶狠地瞪視著她。

接著，我轉到江奈古身後，以斧頭斷開了一根根繩索。接著，坐回原來的草席。我故意一言不發。

孔万呂笑著說：

「跟江奈古的頭相比，更想要她的人嗎？」

聽到這句話，我的臉血氣賁張。

「愚蠢。對於小蟲般的織女，飛驒的耳男絲毫不放在眼裡。只不過像東國森林裡的小蟲咬了一口，有必要生氣嗎？小蟲的頭也好、人也好，我都不需要。」

儘管這麼說，但我卻滿臉漲紅，汗水四溢。這是我的違心之論。

我之所以臉紅、冒汗，絕對不是因為想要這個女人。我只是不明白她仇視我的原因，而她又以為我想將她占為己有，才會如此咒望著我。蠢女人。然後，我想到就算被要求帶她回家，我也會像是拍掉落在肩上的毛蟲那樣，轉身就走。

我完全沒有非分之想，只是很遺憾被人誤解，而這番話出自孔万呂之口，更令我精疲力盡，從而慌張失措。一旦慌張失措，我便備感羞恥、焦躁不安，我的臉也益加灼熱，汗水如瀑布般流瀉，一如以往。

「糟糕透頂。悲慘至極。一旦我汗水狂瀉、慌張萬狀，根本就等於是自行招供，被當作我真的有非分之想了啊。」

我愈是想，愈是焦慮。從額頭上不斷滴落汗珠，處於不知何時停止的狀態。我放棄地閉上眼睛。對我而言，臉紅與冒汗確實是無從抵禦的強敵。除了全面棄守、閉上眼睛，放空心思以外，我對如雨而下的汗水束手無策。

此時，我聽到了小姐的聲音。

「捲起簾子。」

她下了命令。大概身旁有侍女吧，但我沒有睜開眼睛確認。為了快點停止這如雨般的汗水，就算想看也不能看。但我確實還想再次仔細欣賞小姐的臉。

「耳男啊，睜開眼睛。然後回答我的問題。」

小姐下令。我勉強睜開眼睛。簾子已經掀起，小姐正站在檐廊前緣。

「你說，就算被江奈古削落耳朵，也只不過像被小蟲咬了一口？真的嗎？」

我感覺那是天真、明亮的笑容。我用力地點頭。

「真的是這樣。」我回答。

「不可以再改口說不是哦。」

「我不會改口。我真的覺得她是小蟲，頭也好、人也好，我都不要。」

小姐輕笑地點了點頭。小姐對江奈古說：

「江奈古啊。去咬耳男的另一隻耳朵。既然他被小蟲咬了也不會生氣，妳就盡量咬他好了。我借妳小蟲的牙齒。這是母親的遺物，妳咬了耳男的耳朵以後我就送給妳。」

小姐將懷劍交給侍女。侍女捧刀來到江奈古面前遞出。

我不認為江奈古會收下。我沒有拿斧頭斬首，而是解開她的繩索，然而，卻換來一把準備要斬斷我耳朵的刀。

然而，江奈古卻收下了。理所當然，小姐給的刀是無法拒絕的。但我心想，她應該不會真的拔刀吧。

可愛動人的小姐，正天真爛漫地期待這個惡作劇。那明亮的笑容啊。那正是連蟲子也殺不了的笑容。沒有期待惡作劇的亢奮，也沒有陰謀詭計的陰翳。純粹是少女的笑容。

我是這麼想的。問題就在於江奈古如何以巧妙的言辭將收下來的懷劍還給小姐了。如果還能以巧妙的言辭將懷劍占為己有，那就更有趣了。接著，我如果能補充一句聰明的警世名句，那就更完美了。小姐必然也會心滿意足地返回簾後。

我這麼想，事後也感覺不可思議。因為，把懷劍賜給江奈古，命令她斬下我的耳朵，使我失去一隻耳朵的主謀，不就是小姐嗎？而且，我內心決定要刻出一尊恐怖的魔神雕像，也是因為小姐。見了雕像後受到驚嚇的人，第一個也應該是小姐。小姐把懷劍賜給江奈古、命令她斬下我的耳朵，但我卻一度以為，那是幸福的玩樂時刻，愈想愈感覺不可思議。應該是因為小姐那清澈至極的笑容、澄淨無缺的眼睛吧。我有如作夢般地感到不可思議。

我大概以為江奈古不會真的拔刀，眼神才一直凝視著小姐的笑容。每思及此，感覺實在太過大意，才會導致心不在焉。

我察覺一股強烈的氣魄襲來而移回目光時，江奈古已經快步走到我眼前了。

慘了！我心想。江奈古在我眼前拔出懷劍，拉起我的耳尖。

我不顧一切，只凝視著小姐。小姐應該說了什麼。小姐對江奈古說了話。從那清澈至極的稚女笑容中，迸聲而出的威令。

我茫然地凝視著小姐的臉。那純真無邪的笑容。澄淨無缺的眼睛。然後我恍惚了。此時此刻我知道我的耳朵正被斬落，但我的目光卻只能緊緊凝視著小姐的臉，無法離去，我的心靈被她的眼睛佔據而全然失魂落魄。我即使耳朵已被削落，依然痴痴地仰望著她。

當我的耳朵被削落時，我見到她澄淨無缺的眼睛變得活潑晶亮、清澈無比。她的臉蛋也染起一片淡紅。她微微地浮現了滿足，轉瞬即逝。她的笑容也消失了。表情變得異常嚴肅。彷彿是陷入深思的臉蛋。搞什麼？就這樣嗎？小姐看似對此感到憤怒。接著，小姐別開了臉，不發一語地轉身離去。

在她正準備轉身離去之際，我察覺我的眼中凝結了一顆又一顆的碩大淚珠。

此後的三年間，是我奮戰的歷史。

我蜷居在工寮裡，不停揮舞鑿刀，但我揮舞鑿刀的力道，卻被殘留在我眼中、那小姐的笑容所持續壓制。為了反制她的笑容，我必須拼命地奮戰。

我出神地凝視著小姐，這代表無論我如何掙扎，恐怕都毫無勝算，但無論如何，我非得反制她的笑容不可，我必須完成那個恐怖的怪物雕像。

每當心生畏懼之際，我會以冷水沖浴。十桶、二十桶地沖水，直到即將失去意識。接著，我會從火供儀式中獲得靈感，以松脂燻燒。再點火灼燒腳底的足弓處。如此一來，我的心靈能重新奮起，有如急襲般繼續投入工作。

我的工寮周遭滿是陰冷潮濕的草叢，也是無數蛇虺的棲地。當蛇隻毫不避諱地潛入屋中時，我會撕裂蛇身，生飲蛇血。接下來再把蛇隻的屍體吊在天花板上。我祈禱著，蛇的怨靈能附身在我的體內，能附身在我的工作中。

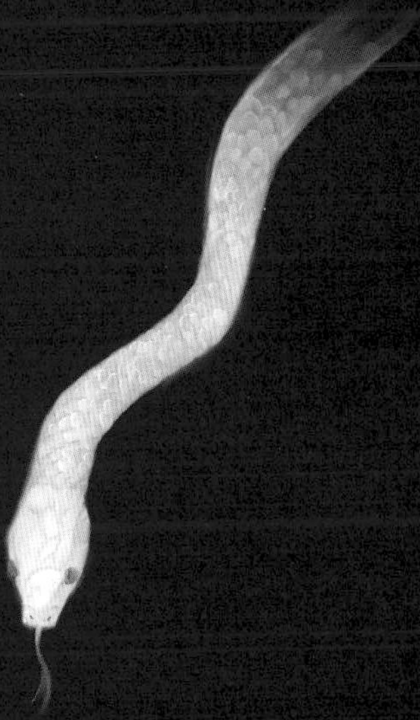

每當心生畏懼之際，我會到草叢裡捉蛇，將蛇開膛破肚，吸吮生血，一口氣一飲而盡，剩下的鮮血就潑灑在怪物雕像上。

一天七隻，接著一天十隻，一個夏季尚未結束，工寮周遭的蛇隻已經絕跡。我進入山區，一天捉蛇一袋。

工寮的天花板垂吊了一大片蛇屍。蛆蟲群聚、臭氣籠罩，隨風飄搖，冬天來臨後，就迎著風沙沙作響。

當我看見懸吊的蛇隻一齊向我襲來的幻象時，我反而會湧現力量。我感覺蛇的怨靈匯集在我身上，我也將變成蛇的化身。若非如此，我將無法繼續工作下去。

擁有足夠的力量反制小姐的笑容，以打造出怪物的雕像，對此我毫無自信。我領悟到，只靠一己之力是不夠的。承受著與此奮戰的痛苦，索性發瘋要來得更好。我也祈禱著我的心能成為附身在小姐身上的怨靈。然而，每當在進行雕刻工作的關鍵處，小姐的笑容就會壓制我，令我心有畏怯。

第三年的春天來臨。我已經完成七成左右，只剩加工潤飾的最後階段，使我對蛇的生血更加飢渴。我深入山間獵捕野兔、野狸、野鹿，剖開胸膛、榨出生血，將內臟隨意丟棄。斬首後，以鮮血淋灑雕像。

「把血吸乾吧！在小姐十六歲的正月降生吧！變成殺人、吸血的魔鬼吧！」

它有一張長耳的臉孔，是怪物？是魔神？是死神？是怨靈？我也無從得知。我只要能藉著這足以反制小姐笑容的力量，使它成為恐怖的怪物，我便已心滿意足。

仲秋時節，小釜完成了工作。直至深秋，青笠也完成了工作。我在進入冬季後，才終於完成雕像。但是，我尚未著手打造安置雕像的龕座。

我想，必須是盡量符合小姐形象、討人喜歡的龕座。要讓龕門一打開、雕像一現形就令人膽寒，就得是外型可愛的樣式。

我在短短數日間廢寢忘食地製作龕座。臨近除夕之夜，總算大功告成。雖然沒有精雕細琢，門上依然雕有花鳥。既不豪奢、也不華美，素樸的設計反而蘊藏著品味。

深夜時，我派人運出，把我的成品放在小釜和青笠的作品旁。總之我已非常滿足。我回到工寮，蓋上毛皮，彷彿被拖進地底般進入睡夢中。

★

我被敲門的聲響喚醒。已是黎明。日頭高照。我突然想起，今天應該是小姐十六歲的正月，對吧？敲門聲持續不斷。我想，大概是替我送餐的女侍。

「吵死人了。像平常那樣，放在外面靜靜離開吧！對我來說，新年、大年初一都無所謂。這裡是不同的世界，我講到嘴都酸了，都三年了還不懂嗎？」

「如果你醒了，就打開門吧。」

「別自以為是。我醒了門也不一定會開的。」

「那，什麼時候會把門打開？」

「外面沒人的時候。」

「這樣啊，真的哦？」

聽了那令人無法忘懷、充滿個性的抑揚頓挫，我直覺判斷，聲音的主人是小姐。遽然，我感覺全身戰慄而彷彿凍住了。我倉皇不安、徒勞地讓時間空轉。

「趁我還在時出來。不出來的話，就把你弄出來哦。」

平靜的聲音這麼說。我察覺小姐好像命令侍女在門外堆了東西，聽到打火石的聲音，才直覺是乾柴。我彈身而起朝門口跑，解門開門。

宛如門開了風就會吹進來，小姐微笑地走入工寮裡。她經過我面前，站在屋內中央。

三年來，小姐的身材看起來也已經長大成人了。雖然容貌變成熟了，但只有那天真明亮的笑臉，與三年前相同，仍然是少女模樣，澄淨無缺。

侍女們看到屋內即倉皇失措。只有小姐的表情不為所動。她新奇地環顧室內、環顧天花板。蛇群已化為無數的骨骸倒吊著，其下也散落著無數的骨骸。

「都是蛇呢。」

小姐的笑容散發著充滿活力的感動神采。小姐想伸手取下一隻垂掛在她頭上的蛇骨。那白骨化為粉末，散落在小姐的肩上。她輕拍肩膀，對蛇骸不屑一顧。她一個接一個珍奇地瀏覽著，並未把目光停留在其中之一。

「這是誰想出來的啊？飛驒木匠的工寮都這樣嗎？還是，只有你的工寮？」

「大概，只有我的工寮是這樣吧。」

小姐並沒有點頭，但隨即滿足地笑顏逐開。三年前，我最後一次見到小姐的臉，只有一絲不苟、興味索然的表情，但在我的工寮裡，她的笑卻沒有停過。

「還好沒有放火。燒掉的話，就看不見這些東西了啊。」

小姐全部看完後，滿足地低語。

「不過，還是放火燒掉好了吧。」

她要侍女們堆起乾柴點火。看著工寮被濃煙籠罩、頓時陷入大火的光景，小姐對我說：

「很奇特的彌勒佛像，謝謝。跟其他兩尊比起來，我更愛百倍、千倍。我想獎賞你，你換好衣服就過來。」

那是明亮、天真的笑容。它烙印在我的眼中，小姐隨即離去。

我由侍女帶去入浴，並換上小姐給我的衣服。然後，我被帶到內室。

出於恐懼，我在入浴時頭腦一片空白。看來我即將要死於小姐之手。

我終於明白，小姐的天真笑容是什麼了。看著江奈古斬下我的耳朵，是這個笑容，看著我工寮天花板垂掛的無數蛇屍，也是這個笑容。命令江奈古斬下我的耳朵，是這個笑容，而假使能看著我揮斧將江奈古斬首，我想也勢必會是這個笑容了。

那時，孔万呂要我快點逃離這裡，還說老爺也暗暗期望我逃離這裡，原來是再正確不過的肺腑之言。面對這個笑容，恐怕連老爺也無能為力吧。理所當然。

在人們慶祝的大年初一，毫不猶豫在家中一角放火的這個笑容，大概不怕地獄之火，也不怕鮮血之池吧。更何況是我做的怪物雕像，恐怕只不過是七八歲小孩玩家家酒的玩具吧。

「很奇特的彌勒佛像，謝謝。比起別的，我更愛百倍、千倍。」

回想起小姐的話，我害怕得毛骨悚然。

我打造的那尊怪物很恐怖嗎？它連凍結人心的力量也沒有啊。真正恐怖的，是這個笑容。這個笑容，才是連降生的魔神、怨靈也遙不可及，真實而唯一的恐懼之物吧。

事至如今，我終於知道這個笑容是什麼了。三年期間的工作中，想打造出恐怖的東西，但總是被小姐笑容壓制的我，一直無從理解、只在心裡的一部分微有所感。打造真正恐怖的東西，被這個笑容壓制也是理所當然之事。因為真正恐怖的東西，也無法與這個笑容匹敵。

在此生的回憶中，我希望能記住這個笑容而死。對我來說，小姐打算殺我，是無庸置疑的。在今日沐浴完被帶往內室後，我就會立刻被小姐殺了吧。我想我可能會像蛇一樣被開膛破肚、倒吊懸掛起來。一思及此，我幾乎因恐懼而停止呼吸，我不禁拼命合十祈禱，但即使合十飲泣，那個笑容恐怕也不會對我有任何回應。

要度過這個生死關頭，我想只有一個辦法了。那是身為木匠的我，必須奮力實現的心願。無論如何，我想我得試著乞求小姐。如此下定決心，我才終於能夠起身離開浴池。

我被帶到內室。老爺領著小姐出現了。我急著問候後，立刻低頭垂額，拼命叫出聲來。我連抬起頭來的力氣都沒有了。

「這是我的畢生心願！請讓我打造小姐的雕像！只要能雕出來，我隨時死而無憾。」

很意外的，老爺乾脆地回答了：

「如果我女兒同意，那真是求之不得。女兒啊。妳沒意見吧？」

而小姐的回答也很乾脆，這再次出乎我的意料。

「我本來就想請耳男這麼做。既然耳男也願意，那就沒什麼問題了。」

「這真是好極了！」

喜出望外的老爺不禁大聲喊叫。他轉向我，溫和地說：

「耳男。把頭抬起來。這三年來辛苦你了。你的彌勒佛雖然是諷刺之作，但那雕刻的氣魄，絕非泛泛之作。既然我女兒喜歡，那麼，我除了滿足也無話可說了！做得好！」

老爺和小姐給了我許多禮物。此時，老爺補充地說：

「先前約定，誰造出我女兒喜愛的佛像，江奈古就賜給誰，但江奈古已經死了，只有這個約定無法實現，非常遺憾。」

然而，小姐卻緊接著說：

「江奈古是用那把將耳男你的耳朵削落的懷劍刺喉而死的哦。江奈古的血衣，就是耳男你現在身上所穿的內衣。為了讓你當成替代品穿上，才修改成男裝的。」

我已經不會為了這種事感到吃驚，但老爺的臉色蒼白。小姐微笑地凝視著我。

★

那時，疱瘡在這座深山裡造成大流行，那座村、這個里，死者不斷增加。疫情也傳到我們村裡，家家戶戶都貼上驅疫除疾的護符，白天也門窗緊閉，全家聚首，日夜求神拜佛，但病魔卻無孔不入，導致死者有增無減。

老爺家也將大宅內的隔雨窗板盡數關上，全家鎮日足不出戶，但只有小姐的房間並未關窗。

「耳男打造的怪物雕像，是耳男屠殺、倒吊了無數隻蛇、浴血詛咒所雕出的，應該有一些驅疫除疾的法力吧。反正也沒其他用途，就拿到門外當擺飾吧。」

小姐派人將整個龕座安置在門前。老爺家有座高樓。小姐偶爾會登上高樓，眺望村莊。一看到往村外森林裡去的棄屍隊，小姐就一整天心滿意足。

我待在青笠留下來的工寮裡，這次一定要全心打造出小姐隨身的彌勒像。我打算將佛像的容貌設計成小姐的笑臉。

這座宅邸裡，稱得上是還活著的，只剩下小姐與我兩人了。

聽到我要把彌勒佛換成她的笑臉，小姐似乎相當滿意，但感覺對我的工作卻毫不在意。小姐不曾過來關心我的工作進度。她之所以出現在工寮，必定是因為她才剛看完往村外森林裡去的棄屍人群。但小姐並非特地為了告訴我才過來，其實她告訴了邸內的每一個人，這樣她才會感到開心。

「今天也有死人哦。」

她告訴我時，笑得十分開心。她沒有順便來看佛像的製造進度。看都不看一眼。而且也沒有逗留太久。

我懷疑小姐是故意戲弄我。雖然她一副若無其事，但我偶爾會覺得，其實她真的打算在大年初一時殺了我吧。因為，當小姐將我打造的怪物放置在門前用來驅疫除疾時，曾經這麼說：

「耳男屠殺、倒吊了無數隻蛇、浴血詛咒所打造出來的怪物雕像，應該有一些驅疫除疾的法力吧。反正也沒其他用途，就拿到門外當擺飾吧。」

我聽人如此告訴我，不禁戰慄起來。她很清楚我是以詛咒打造雕像的，卻仍然留我活口，我覺得小姐真的太恐怖了。從三名木匠中選了我的作品，卻又不客氣地說除了應該有一些驅疫除疾的法力外，反正也沒其他用途，小姐的城府令人毛骨悚然。在我獲得賞賜的大年初一，小姐的話也讓老爺臉色蒼白。小姐的城府，就連身為父親的老爺也莫測高深吧。在小姐具體行動之前，小姐的心思對所有人來說都是無解之謎吧。即使現在小姐沒有殺我的念頭，但大年初一時有，或明天可能就有。小姐對我有興趣，意思應該是我何時被小姐所殺也沒什麼好奇怪吧。

我刻的彌勒菩薩，與小姐的天真笑容愈來愈相似。圓潤的雙眼。尖端彷彿生珠化玉、光采動人的高聳鼻子。然而，這樣的臉型並不需要特別的技術。使我灌注心神、潛意面對的，是那天真笑容裡的秘密。那毫無陰翳、明亮無邪的笑容。一絲對鮮血的渴望也毫無徵象。與魔神相通的氣色、氣息也毫無徵象。僅僅是屬於天真少女的笑容，毫無秘密可言。然而，這就是小姐笑容裡的秘密。

「小姐的臉，除了外形以外，也許隱藏著某種氣息。據說，汲自黃金的露水洗浴了初生之時的小姐，使她的身體光彩奪目、散發出黃金的氣息，然而，世俗的目光反能看透祕密的真相。小姐的臉孔中，蘊藏著眼睛看不見的氣息，我的鑿子非雕刻出來不可。」

我是這麼想的。

甚而，我一想到那天真的笑容可能什麼時候就會殺了我，那份恐懼竟成了我工作的支柱。一旦我無意間發現停了手，那份恐懼，就會使心中產生一股再怎麼耽溺也不夠、思戀不已的情緒。

小姐在我的工寮現身。

「今天也有人死了！」

當她這麼說時，我僅僅保持沉默，注視著小姐的笑容。

我並不想問她真心的想法。俗念無益。如果小姐有所謂的真心，那麼天真的笑容、以及氣息就是一切了。至少，對木匠來說那就是一切，對我的生命來說那就是一切。三年前，當我凝視著小姐的臉時，那就是一切了，這已是無可改變的註定。

疱瘡神差不多已經離去。這個村子的人口死了五分之一。老爺家雖然住了很多人，但一個病人也沒有，我所製造的怪物一舉成了村人的信仰。

最先是老爺開始鼓吹的。

「耳男活宰、倒吊了許多隻蛇，以鮮血淋灑、詛咒，雕成了這尊怪物，恐怖得連疱瘡神都不敢接近。」

他轉述小姐的話如此宣稱。

怪物從山上老爺家的門前搬出，運到山下池邊的三叉路口，供奉在臨時興建的祠堂中。從遠方村莊來膜拜的人也不在少數。於是，我迅速成為名人，但夜長家的小姐則更有名。出自我手中的怪物，能夠及時守護老爺一家，是因為小姐的力量。尊貴的神祇附身在小姐的體內。她乃是尊貴神祇的化身，如此傳聞，在各村之間迅速散播。

到山下祠堂膜拜過的人裡，有人來山上老爺家的門前膜拜才走，也有人在門前陳列供品。

小姐給我看了供品裡的蕪菁和葉菜，這麼說：

「這是你應得的哦。拿去煮好吃的吧！」

小姐笑容滿面，光彩奪目。我看她又來揶揄我，怒火中燒。我這麼回答：

「打造出天下名佛的飛驒木匠很多，但沒聽說過獲得供品的。這當然是活身神明的供品了，請您拿去煮好吃的吧！」

小姐的笑容並未理會我的話。小姐這麼說：

「耳男啊。你打造的怪物確實能以眼神驅趕疱瘡神哦。我每天在樓上都看得到。」

我呆然凝視著小姐的笑容。她的內心還真是高深莫測啊。

小姐接著又說：

「耳男啊。即使你上樓看到跟我一樣的風景，你也無法看見你的怪物以眼神驅趕疱瘡神吧。自從你的工寮燒掉以後，你的眼睛再也看不到了。而且，你現在打造的彌勒像，連消除爺爺奶奶的頭痛都做不到呢。」

小姐目光澄澈地凝視著我。接著，轉身離去。只留了蕪菁和葉菜在我的手上。

我想我彷彿被小姐的魔法俘虜了。真是一位恐怖的小姐。也許她確實是個超越凡人的小姐。但是，我現在打造的彌勒像，連消除爺爺奶奶的頭痛都做不到，到底是什麼意思呢？

「那尊怪物是沒有嚇哭孩童的力量，但彌勒像應該有什麼效用吧。至少我這種人的靈魂已經灌注在其中了。」

我想我是充滿確信地這麼說，然而，使我的確信產生動搖的，則是小姐的笑容。我想我確實在某個地方迷失了。我頓失所依，遽然感覺到心生一股無法忍受的鬱悶。

★

疱瘡神離去還不滿五十天，此時又有其他瘟神翻村越里而來。夏季來臨，炎熱的日子持續不斷。

炎日下，人們再次降下隔雨窗板，求神拜佛。但是，疱瘡神來臨時已經無人耕作，這次若再度無人耕作，食物將會告罄。百姓不得不懷憂抱懼，去原野揮鋤耕作，然而，早晨雖有精神，一到烈日當頭，就會有人痛苦掙扎，不久趴倒在田中，氣絕身亡的人不在少數。

也有人到山下三叉路口供奉怪物的祠堂來祭拜，結果死在祠堂前。

「小姐身上的神尊啊。請妳驅除惡病吧！」

也有人來到老爺家門前如此祈禱。

炎日下，老爺家再次將隔雨窗板盡數關上，全家鎮日足不出戶。只有小姐並未關窗，她偶爾登樓眺望山下的村莊，每當看到死人，就會往返屋內告訴所有人。

小姐到我的工寮這麼說：

「耳男啊。你猜我今天看到什麼了？」

小姐的目光，超越以往神采般地深邃。小姐說：

「我看到有個老婆婆到怪物的祠堂祭拜，在祠堂前痛苦掙扎，緊抱著祠堂死了哦。」

於是我這麼說了：

「那個怪物這次沒辦法以眼神趕走瘟神了嗎？」

小姐不予理會，平靜地這麼命令我：

「耳男啊。去後山抓蛇回來。把大袋子裝滿。」

無論是否願意，小姐既然這麼命令，我就必須從命。我只能默默照她的指示行動。那些蛇是打算做什麼用？這樣的疑問，直到小姐離開後，才從我的腦中浮現。

我深入後山，抓了許多條蛇。去年此時、以及前年此時，我都曾在這座山抓蛇，如此心生懷念之際，我忽然察覺到了。

去年此時、以及前年此時，我為了抓蛇而在這座山中徘徊，是由於被小姐的笑容所壓制、導致畏縮的心，為了重新振作而進行的惡戰苦鬥。每當被小姐的笑容所壓制時，一見到我自己正在打造的怪物，就宛如廢物一樣。所有的鑿痕，全都只是徒勞無功。然而，在我湧起重新審視那廢物般怪物雕像的勇氣之前，我仍然恐懼的是，縱使飲盡、榨乾這座山中所有蛇隻的鮮血，是否依然遠遠不足？

跟那時相比，現在的我不再被小姐的笑容壓制。不，或許我已被壓制，但我不必再與那不得不反制的不安戰鬥了。只要將小姐的笑容導致的壓制之力，透過我的鑿刀純粹地呈現出來即可，就此達到技藝爐火純青的境界。

現在的我，只存有純粹的心靈，因此，當我面對正在打造的彌勒像時，縱使我不時感嘆技藝仍然拙劣，但並非將怪物雕像視為廢物般那樣充滿恥辱的感嘆。雕刻怪物的鑿痕，若被小姐的笑容所壓制，只會前功盡棄。

無論如何，現在的我已經獲得了心靈的平靜，只是純粹地與技藝奮戰，儘管我想去年的我與今年的我並未改變，但我突然感覺到，我已經改頭換面了。今年的我遠遠勝過以往。

我帶著裝滿了蛇的大袋子回去。看著袋子膨脹的狀況，小姐的目光天真地閃爍著。小姐這麼說了：

「提袋子上樓來。」

我登上樓。小姐往下指著說：

「三叉路的池畔那邊，就是怪物的祠堂吧。看得到緊抱著祠堂的死人吧。是個老婆婆哦。她好不容易才抵達那裡，突然就起身開始痛苦掙扎了啊。然後全身癱軟地趴倒爬著，總算碰到祠堂的時候，竟然就動也不動了呢。」

小姐的目光緊盯那裡不放。接著，她毫不厭倦地眺望地面各處，低聲自語。

「在原野工作的人好多。疱瘡神來臨時，沒有這麼多人呢。雖然來祭拜怪物祠堂的也有人死掉，但原野上的人都沒事呢。」

我在工寮裡埋頭工作，與邸內的人幾乎沒有往來，更何況是邸外。因此，即使偶爾會聽說傳染病襲擊村里的恐怖傳聞，對我來說只是不同世界的事件，並沒有迫近感。就算聽到有人把我的怪物雕像當做驅魔的神明來膜拜、我被當作名人來看待，也只是不同世界的事件。

我是首次從高樓眺望村莊。雖然僅僅是將自後山俯瞰村莊的風景距離縮短而已，一看到緊抱怪物祠堂的死者，即使那只是毫無真實感的遠觀，村莊的哀慟仍殘留在我的眼中。那樣的怪物根本無法驅魔，卻有人緊抱著祠堂而死，實是罪孽。我覺得最好燒掉它。我的心中湧現了一股正在犯罪的無力感。

小姐對地面的景象相當滿意，轉過頭來。接著，對我下令。

「把袋裡的蛇一隻接一隻地殺了榨血吧。你榨了那些血，是怎麼處理的？」

「我倒進小酒杯喝掉。」

「十隻、二十隻也是？」

「一次也喝不完，不想喝就倒掉。」

「然後把殺掉的蛇吊在天花板上。」

「對啊。」

「那你照做。鮮血給我喝。快點！」

我不得不聽從小姐的指示。我把用來盛放蛇血的小酒杯、把蛇吊上天花板的工具運上來，將袋中的蛇一隻接一隻宰殺榨血，然後吊上天花板。

我感到有些意外，小姐的表情毫無畏怯，天真無邪地笑著，將鮮血一飲而盡。這在親眼目睹以前是無法想像的事，那時的恐怖萬狀，連習慣殺蛇的手都不聽使喚了。

我也曾在三年間將無數隻蛇宰殺、飲血，把屍體倒吊在天花板，但我從未想過自己所做的事是如此的恐怖、異常。

小姐生飲蛇血，再將蛇屍倒吊在高樓上，不知有何目的。但暫且不論目的是善或惡，登上高樓、神色自若地笑著生飲蛇血，小姐仍可如此天真無邪，實在是恐怖至極。

直到第三隻蛇，小姐都將鮮血一飲而盡。第四隻蛇開始，她則灑在屋簷下、地上。

當我把袋中的蛇全部殺光吊盡以後，小姐說：

「再去山裡抓一整袋蛇回來啊。趁太陽還沒下山，多去幾次啊。天花板吊滿以前，今天、明天、後天也要。快點。」

我再度抓蛇回來，那天已到黃昏。小姐的笑容帶有一絲遺憾的陰翳。對於吊著的蛇屍、還沒吊滿的空間，她似乎十分滿意，但又感到遺憾，小姐笑著欣賞著高樓的天花板，紋風不動。

「明天早點出門吧。多去幾次啊。還要愈多愈好。」

小姐留戀地俯瞰著黃昏的村莊。接著，對我說：

「你看。為了處理老婆婆的屍體，祠堂前有人聚集了。居然有那麼多人。」

小姐的笑容熠熠生輝。

「疱瘡流行時，平常最多才兩三個人在孤單地搬運屍體，這次大家好有幹勁哦。我希望我眼睛看得到的村民，大家都痛苦掙扎至死。然後還有我眼睛看不到的人也是。田裡的人也是、原野的人也是、山裡的人也是、家裡的人也是，希望大家都全部死掉。」

我有如被澆了冷水，戰慄地動彈不得。小姐的聲音清澈平靜、天真無邪，更顯現出無以復加的恐怖。小姐生飲蛇血、在高樓吊掛蛇屍的原因，是為了祈求村民們全部死光。

我感覺難以忍受、想要拔腿就跑，但我卻雙腳畏縮、心生驚恐。我從未對小姐感到憎恨，但是，讓小姐活著實在太恐怖了，那時，是我第一次產生這種想法。

★

天色漸亮時，我也隨而清醒。謹守小姐的吩咐、在準確的時間清醒，我的心正承受著這樣的束縛。

縱使我的心沉重得令人難耐，卻仍然不得不一早背袋進山。一深入山間，我便拼命抓蛇。還不夠快！還不夠多！我焦躁不已。一想滿足小姐期待的意念，一逕地鞭策著我。

當我背著大袋子回來時，小姐已在高樓等候。吊完蛇後，小姐的臉變得燦爛。

「時間還早呢。大家才剛到原野來。今天也再多抓、多抓幾次回來吧。快點，努力點哦。」

我默默地握住空袋迅速回山。我從早晨開始就還沒跟小姐說過話。因為我失去對小姐說話的力氣了。現在高樓的天花板上必然吊滿蛇屍，但一想到接下來的事，就令我痛苦不堪。

小姐的所作所為，看似只是在模仿我在工寮裡的舉動，但我想並沒有那麼單純。我這麼做，是一種莫可奈何的卑微需求，但小姐的所作所為，卻絕非常人所能想像的。她只是偶然看到我的工寮，才會這麼模仿，但如果她沒看到我的工寮，她應該也會去模仿其他一樣恐怖的事情。

而且，這種程度的事，對小姐來說大概只是個開始吧。在小姐的一生中，接下來會想什麼、會做什麼，那是凡人遠遠想像不到的。我不禁深切地感受到，這絕對不是我應付得了的小姐，我的鑿刀也終究是刻劃不了小姐的。

「原來如此。正如小姐所說的，我現在打造的彌勒只不過是渺小的人類。小姐卻像是這片青空般遼闊啊。」

我想我看見了恐怖萬狀的東西。一旦看過這種東西，未來我還能有何仰仗來繼續工作呢？我不禁嘆息不已。

我第二次背著袋子回到高樓時，小姐的臉頰、眼神燃著光輝來迎接我。小姐對我一邊微笑，一邊低聲喊叫。

「太棒了！」

小姐指著說：

「你看，那邊的原野死了一個。剛剛死的哦。才舉起鋤頭就突然沒力，接著就開始痛苦掙扎了。接著那人再也不動了，然後那邊的原野又倒了一個。那人也開始痛苦掙扎了。本來剛剛還在爬的啊。」

小姐的目光一直凝視著那裡。她似乎期待著那個人再動起來。

我聽著小姐的話，全身冒出汗水。不是恐懼、也不是悲傷、某種巨大的情緒沸騰，令我已經不知如何是好了。我的胸口鬱悶，只能呼氣喘息。

此時，小姐明亮的聲音開始叫喚我。

「耳男！快看！快看那邊！有人開始痛苦掙扎了。你看，正在痛苦掙扎著呢。好像陽光太刺眼似的。好像在陽光下喝醉了。」

我奔向欄杆，往小姐指示的方向看去。老爺家正下方的農田中，有個農夫張開雙手，像是在天空下游泳般搖搖晃晃，步履蹣跚。宛如稻草人長了腳，左右蛇行，搖搖晃晃地轉著小圈圈踏步。他突然撲倒，開始爬行。我閉上眼睛往後退。我的臉頰、胸口、後背滿是汗水。

「小姐會把全村的人都殺光的。」

我終於完全確信。當高樓的天花板吊滿蛇屍之時，必然就是村裡最後一人的嚥氣之時。

我往天花板看上去，在這風吹不止的高樓上，有數十條蛇屍並排著隨而飄搖，透過間隙能見到美麗的青空。在我閉門造車的工寮中，看不到這樣的光景，垂吊的蛇屍是如此的絕美，令我無從想像。我想，這絕不是人間會出現的光景。

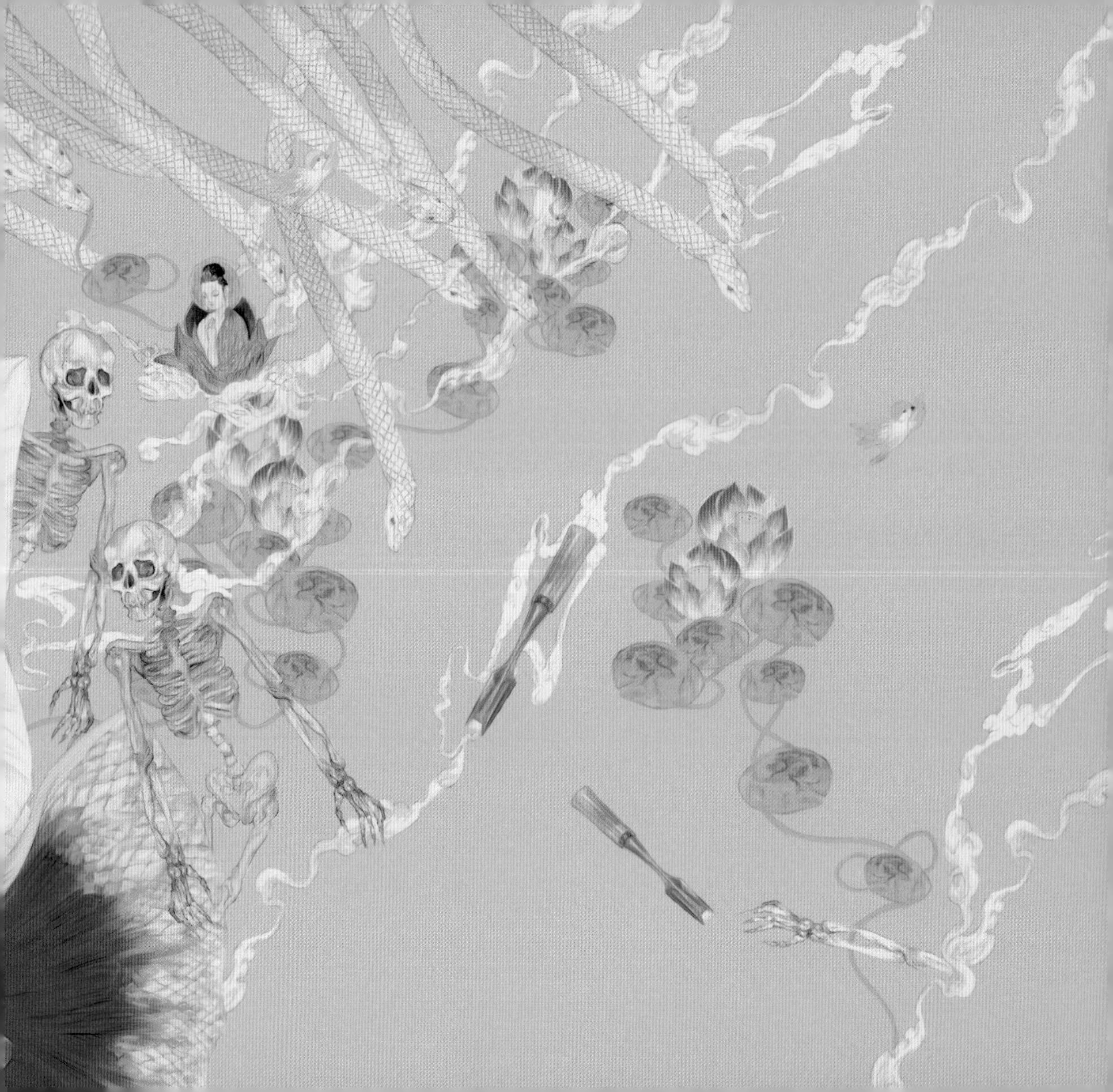

若非斬落這些倒吊的蛇屍，不然就逃離這裡，我想我只能二選一，別無他法了。我緊緊握住鑿子。然而，該做何種選擇，我仍然舉棋不定。這時，我聽見小姐的聲音。

「終於不會動了啊。真是太可愛了。太陽啊，令人好羨慕呢。在全日本的原野、村莊、鄉鎮這樣死去的人們，都可以看得一清二楚。」

我聽了心念一變。如果不殺了小姐，我想這個渺小、脆弱的世界恐將毀滅。

小姐專心地望著原野。也許是在尋找新的掙扎者吧。我心想，真是可愛的小姐啊。接著，一旦下了決心，不可思議地居然再也沒有遲疑了。毋寧說，有一股強大的力量在驅使我。

我走近小姐，用左手抓住她的左肩，擁她入懷，以右手的錐子刺入她的胸口。我的肩膀由於激烈的呼吸而劇烈起伏，但小姐的眼神卻微笑著。

「告別以後，才能殺了我哦。我也告別過了，才讓你刺進胸口的。」

小姐圓潤的眼睛繼續對我笑著。

我想小姐說的沒錯。我也想告別、或至少說聲抱歉再刺的，但畢竟我意識不清，什麼話都說不出口的瞬間就刺了。現在還能說什麼呢。我的眼中不由得充滿淚水。

小姐握住我的手，微笑地低語。

「值得喜愛的，一定是詛咒、或是屠殺、或是爭奪得來的啊。你的彌勒佛像很拙劣、你的怪物雕像很出色，差別就在這裡。你總在天花板吊蛇，而你現在殺了我，這麼卓越的工作……」

小姐的眼睛笑著閉上。

我抱著小姐失去意識，昏厥倒地。

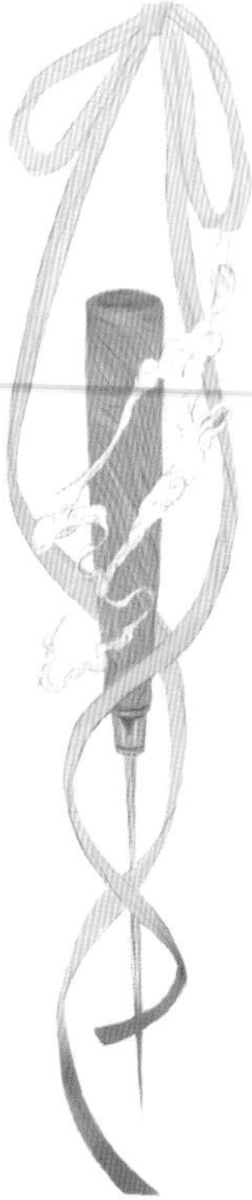

＊本書之中，雖然包含以今日觀點而言恐為歧視用語或不適切的表現方式，但考慮到原著的歷史背景，予以原貌呈現。

## 譯註

第4頁

【飛驒】（ヒダ）即飛驒國，古代日本律令國之一，屬於東山道，又稱飛州。位於飛驒山脈西側，現今的岐阜縣北部。

【木匠】（タクミ）飛驒國自古以木匠技藝聞名，律令時代規定，此地每年徵召木匠進京，一里十人，入住官設的木工寮，負責興建都城，以勞務特免租稅，稱為「飛驒工」。平安時代初期，總數高達百人。至江戶時代，飛驒國林業極為發達，更有「飛驒之匠」之美譽。

第7頁

【福神】（福の神）能帶來福運的神明，又稱福天。在日本民間信仰中，福神與貧神為姐妹，姐姐福神為貌美的吉祥天、妹妹貧神為貌醜的黑闇天，兩人常相伴出現。

第8頁

【誕生浴】（産湯）初生嬰兒用以洗去羊水、血液的浴水。然而，依現代醫學觀點，誕生浴很可能洗除保護初生嬰兒的皮膚脂類，干擾其體溫及免疫力。

第12頁

【乘鞍山】（乗鞍山）即乘鞍岳，日本百座名山之一，古稱「位山」，為飛驒山脈南端、長野縣松本市與岐阜縣高山市交界處的高山群，共有二十三座山峰，最高峰是標高3026公尺的劍峰。目前仍有火山活動。

第18頁

【護身佛】（持仏）又稱念持佛、內佛，安置在身邊、用於日常供奉的小型佛像。

【龕座】（ズシ）日文漢字寫作「廚子」，將佛像、佛骨、佛經安置其中的容器。

【彌勒菩薩】（ミロクボサツ）又稱梅呾麗耶菩薩、末怛唎耶菩薩、慈氏菩薩，為釋迦牟尼佛入滅後的繼任者。現住於兜率天的內院修行，待兜率天壽滿四千歲、即人間五十六億七千萬年後的遙遠未來成佛，降世普渡眾生。

第27頁

【懷劍】（懐剣）藏於懷中的護身武器，又稱懷刀、隱劍。明治時代起，武家的女兒在出生時即佩予懷劍，逐漸形成結婚典禮上新娘在胸口衣襟間插入繫了白色織帶的懷劍、做為裝飾的習俗，據稱是表現為妻「出嫁後誓死不歸」、「守護家庭」的覺悟。

第34頁

【松脂】（松ヤニ）又稱松節油，是透過蒸餾法自松柏科植物取出的天然樹脂。為木工製品的塗料配方，亦有活血通絡、消腫止痛的醫療用途。

【魚腥草】（毒ダミ）又稱蕺菜，因略帶魚腥臭味而得名。廣泛分布於亞洲東部、東南部，花形呈白色十字狀，生長力強，常見於鄉間陰濕處。可整腸、解毒、利尿，日本民間視其藥性卓越、有多種療效，而有「十藥」的雅稱。

第38頁

【檐廊前緣】（縁先）日式建築中，環繞屋宅外圍的走廊，稱為「緣側」。而鄰接庭院的緣側，即稱「緣先」。

第40頁

【欄間】日式建築的一種設計，在房室與房室或與走廊間的天花板上設置的窗板，用以採光、換氣。奈良時代起，寺院會在欄間雕刻做為裝飾，後傳入貴族住宅、民間住宅。

第43頁

【東國】〔東国〕古代所稱近畿以東、北陸以外的諸國。近畿是大和、山城、攝津、河內、和泉五國，為現今京都、大阪兩府、滋賀、兵庫、奈良、三重及和歌山五縣。因故事舞台位於岐阜縣境，東國應指飛驒國以東的東山道諸國。

第52頁

【怪物】〔モノノケ〕日文漢字寫作「物の怪」，意指對人類作祟的死靈、生靈、妖怪等物。

第53頁

【火供】〔ゴマ〕日文漢字寫作「護摩」，為一種密教儀式。在不動明王或愛染明王前的祭壇前設爐焚木，祈求消災解厄。

第70頁

【疱瘡】〔ホーソー〕即為天花，是一種由天花病毒引起、透過空氣散播的傳染病。症狀為發燒、全身出現皮疹，擴散全身。世界衛生組織於1980年正式宣布撲滅天花，為第一個絕跡的人類傳染病。

# 解說

最極限的「戀」／既晴

I

1951年，正在伊東溫泉療養的坂口安吾，開始對日本古代史產生興趣。

當時的坂口安吾，在小說創作上才剛躍上作家生涯的顛峰。1947年9月起，在文學雜誌《日本小說》上連載為期一年的《不連續殺人事件》，在1949年2月奪得第二屆「偵探作家俱樂部獎」（後更名為日本推理作家協會獎），成為純文學作家跨足大眾文學，並在兩個領域都獲得肯定的先驅者。

其後，他於1950年10月開始、在《小說新潮》連載的短篇推理連作《明治開化安吾捕物帖》，將日本傳統的「捕物帳」時代小說，與解謎推理的型式加以融合，不但廣受讀者喜愛，亦獲得高度評價。

然而，坂口為了應付排山倒海而來的邀稿，再次使用安非他命提振精神。他過去就曾經因為相同的理由使用安非他命，並一度住院治療。這回，他的健康同樣再次惡化，而為了迫使自己入睡，又服用安眠藥，導致精神錯亂，不但曾半夜全裸在家中奔跑，甚至自二樓跳出窗外，家人只好再度送他入院。

在同一時間，坂口雖然賺進豐厚的版稅，但他一擲千金、不知節制的生活，卻使他陷入欠稅醜聞，使他不得不離院繼續執筆。在醫生的建議下，他搬離東京，到靜岡縣的伊東溫泉療養。結果，正逢伊東成立賽輪場（自行車競賽），坂口精神穩定後，開始沉迷賽輪運彩，狂熱過度，竟舉發賽輪場偽造了勝負判定的照片，引起軒然大波。

賽輪纏訟一事，加重了坂口的精神負擔。於是，他移居友人家中，結果又發生「百人份咖哩飯事件」。不知出於何故，某日坂口突然要求妻子三千代去點一百份咖哩飯回家，三千代無可奈何，只好拜託附近的餐飲店幫忙，最後僅送來二十餘份。

也許正是這「人前風光、人後混亂」的兩極生活，使坂口遁入日本古代史的研究。1951年3月，他開始在《文藝春秋》連載《安吾的新日本地理》，自〈安吾・前往伊勢神宮〉為始，陸續發表多篇有別於歷史傳統學界的論述。他踏旅各地，進行田野考察、蒐集鄉土史料，同年九月發表的第七回〈飛驒・高山的抹殺〉，更提出「飛驒王朝論」。他認為「歷史是由勝者所寫」，而《日本書紀》、《古事記》中，關於飛驒的紀錄卻一片空白。於是，他在親臨當地調查後，發現飛驒極可能曾經存在著一個王朝，被後代掌權者刻意隱匿了。

飛驒，正是本作〈夜長姬與耳男〉的故事舞台。

II

觀察坂口的文學觀得以知道，他終生所追求的，是一種毫無虛飾的真實。在〈文學的故鄉〉裡，他提到自己特別著迷於一種〈小紅帽〉那樣的「非道德寓言」型童話。沒有道德教化，沒有勸善懲惡，純然地揭示這個世界的真相。那是異常寂靜、透明且悲傷的殘酷美學，瞬間給予讀者「被人一把推開的遺棄感」。

做為「無賴派」文學的領袖之一，坂口也主張人應該揚棄國家社會強加的規範限制，回歸最真實的自我。榮譽心、責任感，也不過是空虛的幻影。而，縱欲也好、背德也罷，就算被視為墮落，那也是戰後重生的務實手段。這樣的訴求，在他的作品中屢見不鮮。他筆下總是不乏赤裸裸的男歡女愛，但那正是當剝除了所有的偽裝以後，才得以現形的人性本質。

正如他在〈戀愛論〉中曾經說的：「戀愛是人類永遠的問題。我想只要身而為人，人生最主要的部份恐怕還是戀愛。」他說在日文與英文不同，「戀」與「愛」是兩種代表不同含意的字彙。「戀」帶有對於尚未獲得之物的渴求，充滿激烈渴望、瘋狂祈願的意義。

從這個角度來看，便可大致理解，在坂口小說作品中，〈夜長姬與耳男〉的確是他彰顯創作觀、藝術觀的集大成之作。

首先，作品抽離了現實的包裝，以童話、民間故事般的開場來破題，是坂口所嚮往的極簡形式。年輕的木匠耳男，代替師父接受委託，與三大飛驒名匠的其他兩位競技。這是他的初戰，一心只求不負師父的聲譽。

耳男來到夜長家，對夜長家小姐一見傾心。然而，耳男將初戀的怦然心動，誤以為是匠技的嚴苛考驗，表面勉強臣服，心底頑強抵抗。再者，美貌絕倫的夜長家小姐，卻是個殘酷無情、恣意妄為的魔女。經過江奈古的事件，兩人構成了虐待狂／被虐狂的病態關係。

故事中段，是疱瘡的大流行。此處暗示，夜長家小姐擁有神秘的魔力，足以百病不侵。這段情節，與坂口的「飛驒王朝乃天皇發源地」的假說遙相呼應，具有神話色彩。

到了終末，夜長家小姐終於卸下心防，再也無所顧忌，對耳男傾訴她內心深處嗜血到無所不用其極的渴望。耳男終於醒悟，自己確實獲得了夜長家小姐的芳心，但也預測到了一場毀滅性的未來。於是，他親手殺死了夜長家小姐，終結了自己的愛。

坂口在〈續墮落論〉曾經提及：「即使國家彼此的對立消失了，個人與個人的對立也永遠不會消失。隨著文化演進，這樣的對立反而只會更趨激烈。」而，最極限的「戀」，想必正是建築在男女雙方以生命相殉、但卻從未以誓言相許，自始至終是靈魂、意志的對立上吧。

時至今日，本作依然是精準至極的預言。

**解說者簡介**／既晴

推理、恐怖小說家。現居新竹。創作之餘，愛好研究推理文學史，有推理評論百餘篇，內容廣涉各國推理小說導讀、推理流派分析、推理創作理論等。

# 乙女の本棚系列

『與押繪一同旅行的男子』
江戸川亂步＋しきみ
定價：400元

『檸檬』
梶井基次郎＋げみ
定價：400元

『葉櫻與魔笛』
太宰治＋紗久楽さわ
定價：400元

『蜜柑』
芥川龍之介＋げみ
定價：400元

『貓町』
萩原朔太郎＋しきみ
定價：400元

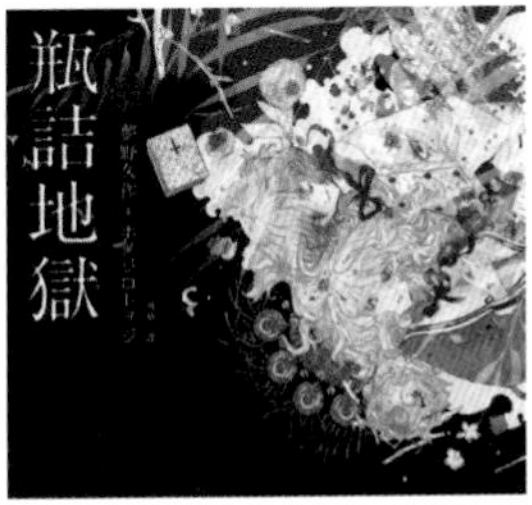


『瓶詰地獄』
夢野久作＋ホノジロトヲジ
定價：400元

『夢十夜』
夏目漱石＋しきみ
定價：400元

## 譯者

### 既晴

民國64年（1975年）生於高雄。畢業於交通大學，現職為IC設計工程師。曾以〈考前計劃〉出道，長篇《請把門鎖好》獲第四屆皇冠大眾小說獎首獎。主要作品有長篇《魔法妄想症》、《網路凶鄰》，短篇集《感應》、《城境之雨》等。譯作有「少女的書架系列」《與押繪一同旅行的男子》、《瓶詰地獄》、《夜長姬與耳男》。影視製作作品有「公共電視人生劇展」《沉默之槍》。

國家圖書館出版品預行編目資料

夜長姬與耳男 / 坂口安吾作；夜汽車繪；既晴譯. -- 初版. -- 新北市：瑞昇文化事業股份有限公司, 2020.12
120面；　18.2x16.4公分
譯自：夜長姫と耳男
ISBN 978-986-401-456-9(精裝)

861.57　　109018397





## TITLE

### 夜長姬與耳男

## STAFF

| | |
|---|---|
| 出版 | 瑞昇文化事業股份有限公司 |
| 作者 | 坂口安吾 |
| 繪師 | 夜汽車 |
| 譯者 | 既晴 |
| 總編輯 | 郭湘齡 |
| 責任編輯 | 徐承義 |
| 文字編輯 | 蕭妤秦　張聿雯 |
| 美術編輯 | 許菩真 |
| 排版 | 許菩真 |
| 製版 | 明宏彩色照相製版有限公司 |
| 印刷 | 龍岡數位文化股份有限公司 |
| 法律顧問 | 立勤國際法律事務所　黃沛聲律師 |
| 戶名 | 瑞昇文化事業股份有限公司 |
| 劃撥帳號 | 19598343 |
| 地址 | 新北市中和區景平路464巷2弄1-4號 |
| 電話 | (02)2945-3191 |
| 傳真 | (02)2945-3190 |
| 網址 | www.rising-books.com.tw |
| Mail | deepblue@rising-books.com.tw |
| 初版日期 | 2020年12月 |
| 定價 | 400元 |